DISCOURS

PRONONCÉS
DANS L'ACADÉMIE
FRANÇOISE,

Le Jeudi XII Mars M. DCC. LXXXIX,

A LA RÉCEPTION

DE M. DE NICOLAY, Premier Président
DE LA CHAMBRE DES COMPTES.

A L'IMMORTALITÉ

A PARIS,

Chez Demonville, Imprimeur-Libraire de l'Académie
Françoise, rue Christine, aux Armes de Dombes.

M. DCC. LXXXIX.

A L'IMMORTALITÉ

M. DE NICOLAY, *Premier Président de la Chambre des Comptes, ayant été élu par Messieurs de l'Académie Françoise, à la place de M. le Marquis DE CHASTELLUX, y vint prendre séance le Jeudi 12 Mars 1789, & prononça le Discours qui suit.*

MESSIEURS,

LORSQUE le Sanctuaire de la Littérature venoit à s'ouvrir, souvent on voyoit, & sans en être surpris, les adorateurs se mêler & se confondre avec les favoris de la Divinité qui l'habite; les talens dont vous déploriez la perte étoient bientôt égalés ou reproduits; les Athlètes qui descendoient dans la lice, exercés depuis long-temps, nourris de la lecture des bons Modèles, assez heureux pour avoir communiqué avec vos personnes, comme avec

A ij

vos Écrits, préfentoient des Ouvrages & des fuccès : tout
fembloit préfager la gloire & l'immortalité des Lettres ;
des mains habiles fe propofoient pour veiller avec vous à
la confervation du dépôt, & votre élection étoit moins un
encouragement qu'une récompenfe. Aujourd'hui, MESSIEURS,
les autels du Dieu du goût feront parés à peine d'une of-
frande légère ; votre indulgence a tout fait. L'honneur fi
défiré que j'obtiens, de m'affeoir parmi vous, étonne mon
ambition autant que ma foibleffe ; les illufions de l'amour-
propre ne viennent pas du moins troubler mon bonheur, en
cherchant à le partager ; j'aurois des titres, je les oublie-
rois : il m'eft fi doux de jouir de vos bienfaits & de ma reconnoiffance !

Cependant, MESSIEURS, fi votre adoption me fait appartenir plus intimement à mes devoirs, à la patrie ; fi vos
fuffrages font les encouragemens que vous accordez à l'a-
mour du bien public, à l'intention, j'ofe le dire, jamais
démentie, de me montrer Citoyen & François ; alors, fans
me flatter de remplir votre attente, mais auffi fans m'ef-
frayer de l'étendue de la carrière, je me hafarde de la
parcourir ; mes obligations font tracées, je vous dois &
je vous confacre tous mes efforts.

Organe d'une des premières Cours du Royaume, je me
fuis pénétré de fes fentimens, pour faire parler la vérité...
Que n'a-t-elle été entendue ! Dans tous les temps, MES-
SIEURS, la Chambre des Comptes fut allier la modération
avec le patriotifme ; fon accent refpectueux fut toujours
noble & fier, & fans ceffe on la vit invoquer la raifon & la
règle... Puiffent-elles à la fin être écoutées ! puiffent-elles
reprendre leur empire dans cette Affemblée mémorable

que votre augufte Protecteur accorde à la France ; & ramener parmi nous la concorde & le bonheur !

Eh ! dans quel temps, MESSIEURS, la Magiftrature & les Lettres durent-elles unir plus étroitement leurs intérêts & leurs forces ? Une puiffance nouvelle s'eft formée ; fes progrès rapides, fon impofante autorité ne pouvoient fe prévoir ; dans une Monarchie elle exerce un pouvoir qu'elle n'eut même jamais au milieu de ces Républiques fameufes où l'on croiroit qu'elle a dû prendre naiffance : c'eft l'opinion publique. Comme un Roi jufte, néanmoins elle fait obéir aux lois & refpecter les leçons de la fageffe & de la morale ; on la gouverne par la perfuafion, & vous pourrez habilement diriger fon action & fes moyens vers le bonheur de tous.

N'accufons point cependant notre fiècle, & félicitons-nous d'exifter dans des temps où la lumière, répandue de toutes parts, va bientôt amener notre régénération. La penfée univerfelle s'eft arrêtée à cette perfpective confolante ; déjà l'on a cherché à éclaircir la nuit des âges les plus reculés, & les efprits fe font portés avec avidité vers tous les objets de l'économie politique ; on commence à reffentir les effets de cette crife falutaire ; les intérêts de la fociabilité font mieux connus & généralement refpectés ; les Écrits, le langage, les opinions refpirent ces maximes de la plus jufte, de la plus tendre humanité : *La patrie eft la mère commune ; dans fa détreffe, elle peut tout exiger de fes enfans ; ils la doivent fecourir également ; tous les hommes font frères, tous ont droit de demander à être heureux.* Et ils le feront dans un Gouvernement vertueux & fagement ordonné.

L'aurore des beaux jours qui vont nous éclairer, depuis long-temps commençoit à paroître; nous pouvions préfager que la France étoit au moment de recouvrer ses droits & sa dignité, lorsque, dans les premières années de son règne, nous vîmes notre augufte Monarque préparer la Nation aux plus douces illufions de la gloire, en décernant des honneurs inconnus jufqu'alors, une efpèce de culte à l'héroïfme, aux talens, & à la vertu. Au milieu de la Capitale, dans le palais des Rois, il fit conftruire ce fuperbe Mufée, où le cifeau de nos Praxitèles donne une vie nouvelle aux citoyens illuftres dont la patrie s'honore : monument augufte qui manquoit à Sparte, dont Rome n'eut point l'idée pendant les plus beaux jours de la République, & qui reproduira parmi nous les vertus dont nous allons adorer les images.

Tandis qu'on élevoit des ftatues aux grands Hommes, les Lettres, par le retour d'une émulation noble & patriotique, chargeoient l'Éloquence d'achever leur apothéofe : Sully & Fénelon, l'Hopital & d'Aguefſeau, que le marbre venoit de faire refpirer, recevoient prefque au même moment, dans des Eloges applaudis, une feconde immortalité.

Il alloit s'opérer une étonnante révolution dans les idées ; tout annonçoit aux Lettres un afcendant marqué fur le caractère national ; elles le méritoient, ofons même le dire à leur gloire & fans craindre de paroître contredire un Écrivain célèbre, Voltaire s'étoit trompé : à la fin du beau fiècle de Louis XIV la Nature ne s'eft pas repofée ; fi Corneille & Racine, la Fontaine & Molière ; fi Boſſuet, Fléchier, & Fénelon avoient difparu, Maffillon, Voltaire lui-même, Montefquieu, le Citoyen de Genève, & Buffon leur avoient fuccédé ; on avoit porté dans l'étude le goût de la Philofophie ; l'Éloquence & la Poéfie s'étoient ouvert des routes nouvelles ; Fontenelle avoit fait parler aux Sciences la langue des Graces ; le domaine de la penfée s'étoit agrandi ; la Littérature étrangère étoit devenue notre conquête, elle n'avoit rien perdu à fe naturalifer ; & parmi vous, MESSIEURS, l'on venoit de voir éclore cet Ouvrage univerfel que les Mufes Françoifes offrirent au génie, & que d'Alembert enrichit d'une Préface immortèlle.

L'Académie Françoife fera toujours le dépôt de la Littérature & l'école du bon goût ; vos titres de gloire & vos panégyriftes feront à jamais vos Écrits & vos Lecteurs. Votre éloge me fera-t-il permis ? ou doit-il refter aujourd'hui fur mes lèvres & dans mon cœur ? Si cependant je pouvois vous offrir l'hommage de la reconnoiffance, fi le timide encens de la vérité vous étoit agréable, j'attacherois vos regards fur un Philofophe que vous chériffez tous : il fit des Contes charmans ; dans le Roman, il fut inftruire & plaire, même après le Télémaque ; dans Cléopatre, fouvent il peignit les Romains ; dans Didon, pour intéreffer après fon modèle, il avoit pris les pinceaux de l'Auteur d'Armide. Il eft encore plus doux de parler de fon cœur : ami fidèle, heureux époux, père fenfible, il a toujours la bonhommie du talent & la fimplicité du bonheur. Je peindrois cet Élève de Voltaire, ce favori de Melpomène, qui nous donna Varwick dans fa jeuneffe, & qui depuis fut infpiré par Sophocle dans les douleurs de Philoctète, & par Racine en écrivant Mélanie. Je crayonnerois ce Poëte aimable dont les Ouvrages feront le charme de tous les âges, comme ils auront fait les délices du nôtre; il fut, par la magie de ses vers, étendre & embellir l'empire de l'imagination; il rendit à la Nature nos jardins condamnés à la monotone symétrie de l'art; une seconde fois il fit entendre le chant mélodieux du Cygne de Mantoue, & la France eut des Géorgiques. Je dirois que des Philosophes ont écrit l'Histoire; qu'elle est devenue plus instructive, & que la Tribune & la Chaire ont encore parmi vous des modèles...

Je m'arrête, MESSIEURS; votre modestie m'en fait la loi. Je ne dispose point des voix de la Renommée, & mon admiration n'a pas les droits de la Postérité. Mais le Monde littéraire enviera toujours les progrès que l'esprit humain a faits parmi nous. Cette supériorité a ses causes & son époque; nous la devons sans doute au moment heureux où, ne bornant plus vos jouissances & vos conquêtes, vous avez senti que l'art de penser & celui d'écrire étoient inséparables; & que les Membres distingués des Sociétés savantes devoient être admis dans votre sein. Alors l'Académie Françoise est devenue la patrie de tous les Beaux-Arts; les Lettres & les Sciences ont eu le même langage; elles ont sacrifié aux Graces en commun; le génie les a rassemblées dans le même Sanctuaire, & semble leur avoir dit, comme ce grand Roi votre auguste Protecteur, en cimentant pour jamais l'union des deux premières Monarchies de l'Univers : *Il n'y a plus de Pyrénées.*

Qui mérita plus que l'estimable Académicien auquel je succède, d'être associé à vos travaux, à votre gloire? Les Lettres, la Société, les Sages, nos Guerriers pleurent également M. le Marquis de Chastellux, & tous s'empresseront

presseront à jeter des fleurs sur sa tombe. Chargé de son éloge, si je ne puis tracer qu'une esquisse légère, si le monument que je voudrois élever n'est pas digne de lui, je consolerai du moins son ombre, j'adoucirai vos regrets en rappelant qu'il fut plus heureux en entrant dans la carrière. Buffon l'avoit adopté, Buffon le présenta aux Lettres; c'étoit le vouer à l'immortalité.

M. de Chastellux n'eut point d'abord l'amour pour l'étude & le goût pour les Sciences, qui devinrent les grandes passions de sa vie : son cœur s'annonça plutôt que son esprit, & il aima la vertu avant que d'aimer les Lettres. Le cri de l'honneur, les sentimens de la probité sont les premiers présens de la Nature aux ames bien nées ; ils se développent & se fortifient encore par les bons exemples. Petit-fils de M. le Chancelier d'Aguesseau, les premiers regards du jeune Chastellux s'attachèrent sur ce Magistrat célèbre ; il sentit, presque en naissant, qu'il n'est point de bonheur sans la vertu, & que sa plus douce récompense est l'estime publique ; aussi conserva-t-il toute sa vie la vénération la plus tendre pour son illustre aïeul ; il n'en parloit qu'avec enthousiasme & respect : c'étoit toujours un Athénien prosterné devant la statue d'Aristide.

Mais cette espèce d'enchantement qui tenoit comme enchaînés les talens de notre Académicien, ne devoit point durer. Un de vos Ouvrages, je crois, l'Encyclopédie, tombe dans ses mains ; il se passionne à sa lecture, il s'en pénètre, & ne le quitte que pour recommencer son éducation & devenir un Littérateur distingué. Ainsi le jeune Achille, trop long-temps oublié dans la mollesse de la Cour de Scyros, recouvra les vertus de son sexe & ses glorieuses destinées, en se saisissant de l'épée que lui montroit Ulysse.   B

L'amour de ſes ſemblable , tout ce qui pouvoit honorer
la Patrie, lui être utile, occupoit ſans ceſſe le Marquis de
Chaſtellux; ſa paſſion pour le bien public prêtoit même à
ſa converſation un charme qui lui donnoit de l'autorité :
on ne cherchoit pas à s'en défendre ; car on obéit volon-
tiers à l'opinion de celui qu'on eſtime.

Le Public étoit partagé ſur une méthode qui devoit arrêter les ravages d'une maladie cruelle , l'un des plus ter-
ribles fléaux de l'humanité, poiſon deſtructeur , & bien ſou-
vent également funeſte , ſoit qu'on ſurvive à ſon horrible
influence , ou qu'on en ſoit la victime. Des eſſais multi-
pliés & heureux, le zèle infatigable, la voix inextinguible
de la Condamine, ſon incroyable intrépidité, la raiſon qui
commençoit à lutter avec plus d'avantage contre les préjugés , tout parloit en faveur de l'inoculation ; mais on
réſiſtoit encore. Ses miracles ; en Angleterre , ébranloient
notre incrédulité, ſans l'avoir ſubjuguée. Paris vouloit une
épreuve , notre Académicien ſe dévoua ; ſon courage a
ſauvé une foule innombrable de citoyens. N'oublions jamais que, depuis, la Famille Royale s'eſt fait inoculer.
L'exemple de notre Décius l'a peut-être préſervée d'un
malheur dont l'idée ſeule fait frémir des François.

M. de Chaſtellux alloit faire l'eſſai de ſes forces littéraires ; il devoit être , en faveur de l'humanité. Un Ecri-
vain célèbre (1), d'une philoſophie ſévère & quelquefois
chagrine, ne voyoit, dans l'Hiſtoire, que le récit déplo-
rable de nos torts & de nos foibleſſes. Il venoit d'écrire
que nos pères étoient moins malheureux que nous. Votre
Confrère chercha, pour conſoler ſon ſiècle , à combattre

(1) L'Abbé de Mably.

un préjugé auffi affligeant, & il compofa la *Félicité Publique*. Dans cet Ouvrage, il développe l'érudition la plus vafte & la plus faine critique ; on le voit percer la nuit des temps ; il interroge tous les âges, & fucceffivement tous les Peuples ; il trouve des inductions dont le rapprochement forme des preuves qui établiffent victorieufement fon fyftême philantropique. Mais l'intérêt & le plaifir redoublent quand il traite des Gouvernemens particuliers de l'Europe, & lorfque, débrouillant le chaos de notre Monarchie, il nous ramène de l'anarchie féodale au temps où nous vivons. Avec quelle adreffe il s'empare de l'époque de la renaiffance des Lettres, pour la faire influer fur le bonheur de l'humanité ! Son opinion trouve-t-elle des détracteurs ? Il a l'air de préfenter dans toute fa force l'objection qui la combat, & la détruit bientôt après par un raifonnement & par un trait qu'il puife dans l'Hiftoire. Toujours ami de fes femblables, on voit M. de Chaftellux aimer la paix, & fans ceffe gémir fur les erreurs des Conquérans : cependant, fi fa plume s'arrête fur les exploits des fameux Capitaines de l'antiquité, alors fes talens, peut-être fon goût pour l'art de la guerre, fe décèlent ; il juge & prononce en grand Maître ; & lorfque fon fujet le conduit à nous entretenir du Héros de Carthage, mettant bientôt en oppofition Annibal avec Frédéric, il compare le Paffage des Alpes & la Campagne de l'Italie avec les miracles du Héros du Nord en Saxe, en Siléfie, en Poméranie ; il décerne la palme à l'Alexandre de nos jours ; & fon jugement fera confirmé, fans retour, par les fiècles à venir.

Notre Académicien avoit approfondi les différens Gouvernemens de l'Europe ; il avoit étudié plus particulière-

ment encore la fituation de la France ; il avoit penfé que
des obfervations fines & judicieufes fur la dette de fon
pays , & fur celles de la Hollande & de l'Angleterre ,
pourroient être utiles ; il employa, pour les compofer ;
infiniment de méditations & de recherches : peut-être
faudra-t-il convenir que fon Ouvrage, concis & même un
peu pénible, préfente quelquefois des définitions qu'il faut
faifir & ne point oublier ; mais lorfqu'attaché par l'objet
de cette differtation intéreffante , vous vous êtes pénétré
de l'enfemble & des liaifons qui la compofent ; lorfque
vous avez étudié le fyftême de l'Auteur, & que vous vous
êtes lié plus intimement à fes vues & à fa penfée ; alors
des idées dont votre intelligence n'a pu fe revêtir que
difficilement, femblent vous appartenir, & le travail vous
fait participer à la jouiffance comme à la gloire de la dé-
couverte. Tel le Voyageur qui gravit les Alpes avec peine ;
arrivé à leur fommet , il fent fon ame s'agrandir avec
l'horizon ; il lui femble que de cette hauteur il pourra
communiquer avec les Cieux.

M. de Chaftellux devoit fe paffionner & cultiver les
Arts qui font le charme de la vie : fon cœur fut organifé
pour connoître l'amitié, pour la peindre, & la dignement
célébrer : heureux accord de talens & de fenfibilité, auquel
nous devons l'*Effai fur l'union de la Poéfie & de la Mufique* ;
Ouvrage plein de graces, qui créa de nouveaux plaifirs
pour les ames délicates ; & cet *Eloge du Baron de Clofen* ,
que M. de Buffon regardoit comme un modèle de fentiment
& de ftyle.

Il venoit de s'ouvrir une carrière brillante pour le Marquis de Chaftellux : une République alloit fe fonder dans
un autre hémifphère ; la voix de la Juftice, trop long-temps

étouffée, les droits de l'homme, méconnus & repouffés, devoient enfanter la liberté dans le Nouveau-Monde. L'Amérique Angloife, au moment de fe féparer de fa Métropole, alloit redonner une leçon impofante, depuis longtemps oubliée, & que la Providence fembloit avoir réfervée à notre Continent. Cette étonnante révolution avoit excité les efprits, avoit allumé les courages : l'élite de notre Nobleffe guerriere avoit prévenu, follicité, à la fin obtenu la permiffion d'en être le témoin, & de la favorifer par fes exploits : on la vit aller, comme les anciens Paladins, chercher la gloire & les hafards dans ces contrées éloignées.

L'alliance déclarée de la France & des Etats-Unis conduifit notre Académicien en Amérique : là, comme par-tout ailleurs, il fut ce qu'il devoit être ; toujours zélé, toujours propre à toutes les opérations auxquelles on l'employeroit, il fut unir aux talens militaires, l'art plus heureux de conquérir les cœurs ; & l'eftime univerfelle qu'il s'étoit conciliée, le rendit bientôt l'arbitre des négociations : fon caractère, heureufement développé fur ce grand théâtre, donne un nouvel intérêt à la relation de fon voyage : on y trouve ce que l'on obferve dans fes autres Ouvrages ; une variété de connoiffances qui étonne, des vues trèsfines, des defcriptions dans des genres différens, dignes des plus grands Poëtes & des Maîtres dans l'Art d'écrire ; par-tout de la facilité, de la nobleffe, & de la grace. Comme il fait attacher aux événemens qu'il décrit, aux hommes célèbres qu'il vous préfente ! quelquefois il vous conduit dans l'afile de ces Républicains illuftres ; vous vous croyez tranfportés aux premiers âges de la République Romaine & à la contemplation des Fabricius. Pourroit-on

fe défendre des émotions de l'enchantement & de la fur-
prife, lorfqu'il vous fait arriver à la demeure élevée du
célebre Jefferfon , & que, peignant l'époux & le père
heureux, le Jurifconfulte & l'homme d'Etat, l'ami des
Beux-Arts & de toutes les Sciences, le Politique profond,
le Phyficien habile, auffi familier avec les Langues favantes
qu'avec celles de l'Europe, il s'écrie avec enthoufiafme :
« Il femble que dès fa jeuneffe Jefferfon ait placé fon ef-
» prit comme fa maifon fur un lieu élevé d'où il pût con-
» templer l'Univers ». Son ftyle bientôt atteint à la hauteur de fon fujet ; & le Voyageur infpire le fentiment dont
fon cœur eft agité, lorfque, venant à peindre Wafington,
il pénètre fes Lecteurs de cette vénération tendre, de cette
fainte admiration que les grands talens & les grandes vertus commandent. Achevant enfuite à grands traits fon ta-
bleau, il vous montre l'Injuftice & l'Envie n'ofant traverfer
les mers, refpectant un grand Homme, & le culte qui
femble unir les deux Mondes, dans les hommages qu'ils
lui rendent.

Le Panégyrifte du Héros Américain eft auffi celui de nos
Militaires : on partage le bonheur qu'il éprouve à louer des
François, & la Patrie lui faura toujours gré d'avoir fait
vivre dans fes Ecrits les noms de Rochambeau & de la
Fayette, avec les noms des Libérateurs de l'Amérique.

Sans doute nos Guerriers auroient feuls le droit de parler du Marquis de Chaftellux, & d'apprécier fes talens
militaires ; peut-être devions-nous nous borner à peindre
leurs regrets, ceux de la Marine, & la douleur de Wafington : il eft cependant des actions qui méritent tous les hommages ; il eft confolant de les rapporter, & l'on aime à ne
les pas croire perdues pour l'exemple & pour l'imitation,

Avec la fortune la plus médiocre, M. de Chaftellux fut dix-huit mois Major-Général de nos troupes, fans appointemens. On avoit voulu le charger d'une expédition dans le Nord de l'Amérique ; fa bravoure, fon intelligence en garantiffoient le fuccès ; il y renonça, prévoyant qu'il ne falloit point affoiblir l'armée qui alloit avoir befoin de toutes fes forces : héroïfme nouveau, pénible, fans doute, à fa valeur, qui le priva d'une gloire perfonnelle, & dont il ne peut retrouver le dédommagement que dans l'éloge du facrifice qu'il en a fait. Le fentiment de la perte de M. de Chaftellux fans ceffe nous ramène à ces réflexions douloureufes : pourquoi a-t-il été ravi d'auffi bonne heure à nos efpérances ? Ses talens & fa naiffance l'appeloient aux premiers honneurs ; ils lui auroient deftiné le fceptre de nos Guerriers, qu'un de fes pères avoit porté, il y a quatre fiecles, avec gloire (1).

Que de traits à rapporter de notre Académicien, & dignes de toutes nos éloges : combien de fois il fut ingénieux & délicat pour obliger ! Nous pourrions .... mais la reconnoiffance feule a le droit de révéler les fecrets de la bienfaifance.

Votre eftimable Confrere, que la Nature fembloit avoir privilégié, qu'elle prit plaifir à douer d'une imagination brûlante & fenfible, que le beau, dans tous les genres, paffionnoit, dont l'ame avoit été ouverte à toutes les illufions, à tous les fentimens qui font notre bonheur & quelquefois notre tourment, devoit enfin fe lier par cette

---

(1) Claude de Beauvoir, Marquis de Chaftellux, Maréchal de France en 1418.

union fi douce que la vertu épure , & dont la Société nous fait un devoir. M. de Chaftellux venoit de fe marier, mais fon bonheur a été de peu de durée ; il a fini au moment où il alloit devenir père. Un rejeton vient de naître de cette tige que le fouffle de la mort a trop tôt deffé-chée... Enfant intéreffant, hélas ! le berceau qui vous attendoit étoit, d'avance, ombragé de cyprès ; vous avez perdu votre appui, mais la plus honorable adoption vous affure encore d'heureufes deftinées. J'ai vu une Princeffe augufte mêler fa douleur aux larmes de celle qui vous a donné le jour, & lui promettre de devenir votre feconde mère.... Princeffe chérie à tant de titres ! Quoi de plus noble, de plus fait pour votre cœur, que de protéger une race illuftre, & de fortir du fecret de vos vertus par des actes de bienfaifance & de fenfibilité ? Paris aujourd'hui compte avec reconnoiffance les nombreufes victimes que vous venez, avec votre époux, d'arracher aux rigueurs d'un hiver défaftreux & à toutes les horreurs de l'indigence. Combien de mères vous ont implorée pour n'avoir point à gémir fur leur importune fécondité ! combien de fois vous avez fu, par des artifices adorables, ménager la pudeur de ces ames délicates, dont le malheur n'a point abattu la fierté. Votre nom, déformais, ne fe prononcera qu'avec attendriffement ; la reconnoiffance publique vous élève des autels dans tous les cœurs; on vous invoquera avec l'efpérance , & comme la providence des infortunés.

Recommencerai-je , ici, MESSIEURS, l'éloge de votre Fondateur, éloge tant de fois répété ? Ces voûtes n'ont ceffé de retentir du nom de Richelieu, qui , né pour tout

asfervir,

aſſervir, domina par ſon génie, & plus encore par ſon caractère, la France, ſon ſiècle, & ſon Roi? Tardif Bien-
faiteur de la Nation, il voulut ſoumettre après lui les eſprits à une autorité nouvelle, dont on n'auroit point à ſe
plaindre. En fondant l'Académie, il prépara l'Empire des
lumières.

Séguier lui ſuccéda, Séguier, le digne Interprète des
Lois, l'Ami, le Protecteur des Muſes : ce nom illuſtre n'a
point fini en même temps que le Chancelier ; il eſt toujours cher à la Magiſtrature & aux Lettres.

En devenant votre Protecteur, Louis XIV parut com-
mencer un regne de gloire. Comme Auguſte, il donna ſon
nom au ſiècle qui l'avoit vu naître : il créa les grands
Hommes dont il fut illuſtré. Sans doute, l'enivrante adula-
tion de tous les ſuccès, cinquante ans d'idolâtrie & de
triomphes préparèrent nos revers, & finirent par couvrir
la France de conſternation & de deuil; mais le Monarque,
au lit de la mort, déplorant ſes victoires, ſe reprochant les
impôts, & rétractant devant ſon Succeſſeur, d'une manière ſi majeſtueuſe & ſi franche, les erreurs d'un regne
long-temps incomparable, n'a point à redouter la ſévé-
rité de l'Hiſtoire ; ſon héroïſme, les malheurs de ſa
vieilleſſe, ſon courage pour les ſupporter le recommand-
dent à la Poſtérité qui l'a déjà placé au rang des plus
grands Rois.

Mais quel ſujet, MESSIEURS, va bientôt s'offrir à vos
talens, & qu'il méritera d'immortaliſer vos travaux ! Vous
aurez à peindre notre auguſte Monarque ; vous aurez à
rappeler à la France les bienfaits des premières années de
ſon règne, ſon amour pour la juſtice, ſon intention, ſi
conſtante & ſi digne d'être ſecondée, de s'éclairer par des

C

conseils salutaires. Vous nous présenterez l'Europe pacifiée d'abord par l'ascendant de sa sagesse & de ses vertus ; une République fondée , par sa puissance, au delà des mers ; & nos lois au moment de se régénérer.

D'autres merveilles se préparent : la Nation va s'assembler ; le meilleur des Rois s'environne de ses sujets ; il vient délibérer avec eux sur les intérêts de la grande famille. Les plaies sont dévorantes & invétérées , l'abîme est profond , mais nous en sortirons avec gloire. C'est du sein des désastres ; c'est au milieu de ses ruines, que Rome , épuisée & presque anéantie, devint la maîtresse du Monde. Une Monarchie de quatorze cents ans, qu'il faut rendre immortelle ; un Maître vertueux & digne de notre amour ; vingt-quatre millions d'hommes, qui composent le Peuple le plus généreux & le plus sensible de l'Univers, à rendre heureux : voilà le vaste & sublime objet des méditations & des efforts des Etats Généraux. Non, il n'est plus qu'un sentiment, qu'un vœu, qu'une patrie ; nos cœurs sont attendris, nos ames sont saisies du plus saint enthousiasme : nous avons pénétré l'intérieur du palais du Souverain ; nous avons vu les deux augustes Epoux balancer, avec inquiétude, nos destinées, consulter leur sage Ministre, interroger les ressources, & vouloir notre bonheur en modérant l'usage du pouvoir suprême. Jouissez, Monarque citoyen, de ce noble & touchant abandon ; jouissez sans nuage & sans regret ; la France vous aime, & ne comptera jamais ses propres sacrifices, lorsque vous demandez à vous dévouer pour elle.

RÉPONSE de M. le Chevalier DE RULHIÈRE, Directeur de l'Académie Françoise, au Discours de M. DE NICOLAY.

MONSIEUR,

Vous voyez un exemple remarquable de l'égalité qui fait la base de notre institution. Le temps n'est pas loin où je fus adopté dans cette République littéraire; & déjà le sort, qui dispose seul, parmi nous, des rangs & des dignités, me donne ici, pour quelques momens, les fonctions les plus honorables. Je devrois m'en féliciter; mais puis-je, sans la plus vive douleur, occuper cette même place où fut assis, pour me répondre, M. le Marquis de Chastellux, auquel vous succédez? Il élevoit en ma faveur une voix plus éloquente que la mienne; il employoit une ingénieuse adresse à détourner vers moi quelques mouvemens de cette bienveillance publique, que tout servoit à lui concilier. Mes fonctions sont aujourd'hui moins difficiles.

A votre nom, MONSIEUR, tous les esprits sont frappés de cette longue succession héréditaire d'une même dignité, une des plus belles de ce Royaume, transmise de génération en génération, & sans aucun intervalle, de vos ancêtres jusqu'à vous; toujours obtenue de la constante faveur de nos Rois; toujours sans concurrence; & dont les suffrages publics, unanimes pendant plusieurs siècles, femblent prédire la perpétuité dans votre famille.

Comment & par quel art, dans une Nation fi mobile, au milieu de tant de Cours orageufes, & quelquefois au milieu des plus fanglantes diffentions, fous tant de règnes, tantôt défians & févères, tantôt fermes & fuperbes, tantôt foibles & agités, s'eft maintenue, dans ce calme toujours égal, cette élévation toujours là même, que rien jamais n'a pu ébranler ? Dans quelles Annales trouvera-t-on un fecond exemple de cette nombreufe dynaftie de Magiftrats du même fang, du même nom, fe reffemblant tous entre eux par des vertus qui forment un caractère de famille ; par leur attachement aux mœurs antiques, une fimplicité digne des premiers âges, une forte de hauteur impofante qui jamais n'avoit rien d'offenfant, parce qu'elle tenoit uniquement à la gravité de leur état & à la gravité de leurs mœurs ? La plupart d'entre eux, parvenus à la plus vénérable vieilleffe, ont montré, de fiècle en fiècle, les vertus de l'âge précédent. La dignité d'une fi belle Magiftrature étoit jointe à tout ce que les années impriment d'augufte & de facré fur un front blanchi par de longs fervices. La confidération dont jouiffoient de plus en plus ces vieillards fi juftement refpectés, fervoit tout à la fois de protection & d'exemple à leurs defcendans ; & c'eft ainfi que, pour affurer la conftante fortune de leur famille, la deftinée favorifoit leur fage ambition ; la vertu étoit leur unique intrigue ; le refpect public leur première recommandation.

Eft-il plus avantageux au bien général des Sociétés, que chaque homme fe renferme dans les limites d'une feule profeffion ; s'attache de préférence à des vertus d'état ; développe, dans une feule étude, toutes les forces de fon génie,

& laiffe encore à fes enfans l'héritage de fa longue expé-
rience, que ceux-ci accroiffent à leur tour dans des travaux femblables? Eſt-il, au contraire, plus avantageux
que chaque Citoyen, cherchant à perfectionner en foi toutes
les facultés humaines, multipliant, en quelque forte, fes
talens par fes devoirs, & fes devoirs par fes talens, ferve,
tour à tour, la Patrie dans les Temples, dans les Tribunaux, dans le Sénat, dans les Cours étrangères, & fur les
flottes, & dans les armées? Si j'avois à balancer ces deux
opinions, qui femblent avoir divifé les Légiſlateurs, me
tromperois-je, MESSIEURS, en affurant que l'une peut donner
aux Sociétés humaines plus de ſtabilité, & l'autre plus de
fplendeur? Regardez, dirois-je, ces Peuples dont la civilifation remonte bien au delà de tous les temps connus;
dont la fageffe, refpectée encore aujourd'hui des Euro-
péens leurs oppreffeurs, inſtruiſit, il y a près de trois
mille ans, les plus anciens Sages dont l'Europe fe vante;
renommés dans tous les âges par leur modération au milieu
des richeffes & des délices que la Nature leur prodigue,
& par leur molleffe au milieu même de cette tempérance :
n'eſt-ce pas à l'invariable féparation de leurs différentes
caftes qu'ils doivent cette efpèce de perpétuité de leur
religion, de leurs lois, de leurs ufages, & de leurs mœurs?
Mais ces Nations, dont la durée, plus paffagère & plus
brillante, a laiffé un fouvenir & des monumens qui ne pé-
riront jamais, les Grecs nos modèles, les Romains nos
vainqueurs, ne devoient-ils pas leur fupériorité fur les autres Peuples à cette ambition ardente, à cette émulation
générale, qui portoit chacun d'eux à s'élever tous à la fois
par tous les fentiers de la gloire? Peut-être aurois-je montré
enfuite que cette diftinction, établie parmi nous, entre les

différens devoirs des Citoyens, n'y tient d'aucune manière
aux principes ni aux vues d'une conftitution uniforme &
fagement méditée ; qu'à la vérité, une Religion fainte a
exigé que fes Miniftres fe dévouaffent uniquement à fon
culte ; mais que la féparation des autres états a pour
époque ce temps d'épaiffes ténèbres, où ceux qui portoient
les armes étoient devenus incapables de fuivre, de lire
même des lois écrites ; & que toutes nos maximes, à ce
fujet, formées au hafard & par le mélange d'inftitutions
fucceffives & d'ufages toujours variables, font un tiffu d'in-
conféquences & de contradictions.

Mais fans me jeter ici dans les difficultés, & peut-être
dans les périls de cette importante difcuffion, je dirai
feulement que, depuis cette ancienne époque, votre Maifon, MONSIEUR, eft la feule en France qu'on ait vue,
dans un même moment, parvenir aux plus grands honneurs de ces trois profeffions féparées, poffeder enfemble
les premières dignités du Sanctuaire, celles des Tribunaux,
celles de la guerre. C'eft la feule dont la fage ambition
ait fu conftamment s'élever au deffus des préjugés françois,
préférer fes honneurs héréditaires à de plus éclatans, quand
ils l'euffent détournée de la route applanie pas vos aïeux ;
dépofer plus d'une fois les armes après les avoir portées
avec gloire ; &, reprenant les paifibles fonctions de la Magiftrature, ramener parmi nous cette maxime du Peuple-
Roi : « Que la robe de paix doit être préférée à l'habit
» militaire, & le règne des lois à l'empire de la force ».

Entre tous les exemples que je pourrois choifir, on me
faura gré de rappeler celui de votre aïeul. Il fervoit dans
l'une de ces Compagnies célèbres que la France a vu réfor-
mer avec un fi jufte regret, compofées, pendant plus d'un

fiècle, de toute la fleur de la jeune Nobleffe Françoife,
qui acquéroient un nom immortel dans les combats, & re-
venoient porter dans leur conduite à la ville quelque licence
peut-être, mais plus encore de généreufe émulation, de
bravoure, & de grâce. On commençoit le fiège de Valen-
ciennes ; cette ville faifoit prévoir une longue réfiftance ;
les Moufquetaires follicitoient d'être envoyés feuls à l'at-
taque d'un ouvrage extérieur, où déjà l'élite des autres
troupes avoit été repouffée. Louis XIV apprit alors que le
fils ainé du Premier Préfident de la Chambre des Comptes,
deftiné à cette même place, venoit de mourir à Paris ; il
fit appeler le jeune Nicolaÿ, l'inftruifit du malheur de fa
famille, lui ordonna de partir auffi-tót pour aller confoler
la vieilleffe de fon père, & daigna, pour première confola-
tion, lui en affurer la furvivance. Le jeune homme tombe
aux pieds du Roi, & s'écrie : « Sire, dans quelque état
» que je ferve Votre Majefté, elle ne peut pas vouloir que
» j'y entre déshonoré ». Le Roi applaudit à ce fentiment ;
& le jeune Nicolay, déjà Premier Préfident, fut un de ceux
qui attirèrent le plus les regards de toute l'armée, dans cet
affaut à jamais mémorable où ce jeune effaim de Héros fe
précipita de retranchemens en retranchemens, & de périls
en périls, avec une valeur fi impétueufe, que la ville, vai-
nement raffurée au milieu de fes innombrables remparts,
fe vit en un inftant affaillie jufques dans fes places publiques,
& fut emportée encore tout entière.

Parmi vos nouveaux Confrères, il en eft, MONSIEUR,
qui l'ont connu dans fa vieilleffe, cet homme d'un caractère véritablement antique, confervant fous la fimarre ce
ton ferme, cette franchife courageufe qu'il avoit prife fous
la cuiraffe; inacceffible à toute efpèce de crainte; économe

comme les Fabricius & les Catons, mais incorruptible comme eux; paroiffant quelquefois avec un front févère au milieu de la Cour licencieufe du Régent, &, par quelques mots hardis & fimples, faifant plus d'impreffion fur ce Prince magnanime, que les autres Magiftrats par le pathétique ou la véhémence des harangues les mieux étudiées; répondant à l'offre fecrète d'une penfion : « Monfeigneur, » les penfions inutiles font une des profufions qu'on vous » reproche ». Et lorfque parut la fameufe défenfe de garder chez foi aucune monnoie d'or ni d'argent, & que, pour l'exécution d'un arrêt fi étrange, on faifoit de rigoureufes recherches dans toutes les maifons, Nicolay, après avoir publié que *fi on ofoit venir chez lui, il feroit,* » ce fut fon expreffion » *un mauvais parti aux curieux* », dit au Régent : » Je garde cent mille écus, parce qu'au train que » prennent les affaires, le Roi aura befoin des offrandes de » fes Sujets ; & cette fomme, j'irai la lui offrir le jour » qu'il fera majeur ».

J'ai dû prendre quelque plaifir à rappeler la mémoire de ce vieillard ; une circonftance particulière la fera éternellement chérir par tous les hommes de Lettres : il fut le tuteur de Voltaire. On fait, MONSIEUR, que Voltaire étoit né fous les aufpices de votre Maifon. Son père, Officier de la Cour fouveraine que vous préfidez, voyoit avec une égale inquiétude un de fes fils recherché des Grands, emporté loin des routes de la fortune, par la paffion des Lettres & de la gloire, par le goût de la diffipation & des plaifirs ; l'autre, dévot, auftère, & chagrin, fe dénuant de tout pour fecourir les profélytes obfcurs d'une fecte perfécutée & profcrite. Il craignit que tous fes biens ne fe perdiffent par des prodigalités d'un genre fi différent ; il pria, en

mourant

mourant, M. de Nicolay de fe charger de la tutelle de tous les deux ; & pour les reftreindre & les gêner plus sûrement, il alla même jufqu'à lui fubftituer leur héritage. Ce teftament ne parut à M. de Nicolay qu'un titre pour les adopter tous deux, & les jugeant avec plus d'équité que n'avoit fait leur père, il ne tarda pas à leur rendre la libre difpofition de leur fortune. Mais il continua de regarder Voltaire comme fon fils ; il prit fur lui tous les droits d'un père économe, quoique facile & indulgent ; il l'avertiffoit, le grondoit, l'embraffoit, s'attendriffoit avec lui ; & M. de Voltaire a toujours confervé pour ce nom la plus tendre reconnoiffance & une forte de piété filiale.

On s'étonnoit cependant que l'éclat des talens littéraires & cette gloire même que donne quelquefois le feul amour des Lettres, euffent manqué jufqu'à préfent à une famille environnée de tous les autres honneurs. Elle vous devra, MONSIEUR, ce luftre nouveau. Dans les premiers jours de ce règne, lorfque la France, rajeunie avec fon Souverain, s'enorgueilliffoit de voir fur le trône toutes les vertus, partage de fon jeune Roi, & toutes les graces de fa jeune Reine ; vous, MONSIEUR, chargé de porter au pied de ce trône les hommages de la plus ancienne Cour de cette Monarchie, vous fûtes réunir à des louanges ingénieufes & dont tous les cœurs avouoient la vérité, non l'adroite infinuation des Courtifans, mais cette franchife refpectueufe & calme qui convenoit à la dignité de vos fonctions. En combien d'autres occafions plus épineufes, votre éloquence, naturellement riche, élégante, & fage, n'a-t-elle pas rempli dignement l'attente du Public toujours fi difficile, & tout ce que les circonftances mobiles d'une Adminiftration fouvent incertaine ont exigé de vous ! & dans quel temps

D

encore ? Lorfque la diverfité des opinions , la chaleur des
partis , le poids d'un grand nom & d'une éclatante Magiftrature fixoient tous les yeux fur la conduite que vous alliez
tenir , & expofoient vos moindres paroles au danger de
toutes les interprétations.

Dans les fréquens changemens de ces Adminiftrateurs
des Finances, qui tour à tour & fi rapidement ont cédé aux
difficultés , ont trompé nos efpérances , ont fuccombé fous
la grandeur de leurs entreprifes, & dont chacun eft venu
tour à tour prêter entre vos mains un ferment tant de fois
inutile ; de quelle fécondité d'efprit n'avez-vous pas eû
befoin pour varier toujours un fonds toujours femblable ,
renouveler fans ceffe notre efpoir , faire valoir dans chacun
d'eux les qualités qui l'avoient fait choifir ; rappeler aux
uns leurs devoirs , aux autres leurs vertus , à ceux-là leur
réputation p.ématurée ; précautionner celui-ci contre fon
penchant à plaire , contre fon amour de l'éclat & du bruit !
Votre franchife s'accroiffoit avec les malheurs publics ; les
louanges adroites que vous leur donniez , prenoient peu à
peu le ton des leçons & des confeils. Chacun de ces Difcours eft un portrait fidèle , crayonné d'une main hardie ,
mais légère & circonfpecte , & d'habiles phyfionomiftes
auroient pu y reconnoître d'avance le deftin de ces Admi-
niftrations paffagères.

Il eft, pour les Tribunaux françois, des fonctions plus
auguftes ; elles l'étoient alors d'autant plus, que ces Tribunaux étoient demeurés feuls interprètes d'une Nation
difperfée dans fes vaftes Provinces ; je veux parler des
remontrances , précieux veftiges de cette liberté dont le
fentiment ne s'eft jamais éteint dans nos cœurs. Avec
quelle tendre vénération pour un Souverain juftement adoré;

avec quel noble mélange de foumiffion & de franchife vous avez porté la lumière dans les abîmes de la déprédation ; vous avez déféré au Roi les effrayantes faillites de cinquante Comptables en moins de vingt ans, & les fcandaleufes récompenfes qu'avoient obtenues ces Comptables infidèles !

Dans cet ébranlement général, qui a menacé récemment, en France, tous les Temples de la Juftice, obligé d'élever la voix, vous avez développé, dans votre éloquence, cette trifteffe majeftueufe, cette réfignation forcée, pleine d'une douleur profonde, & dont les feuls accens auroient fuffi pour donner à votre obéiffance même, toute la dignité, toute la fermeté de la plus courageufe réclamation. C'eft alors qu'au nom de cette Cour fuprême, dont vous deveniez l'organe, vous avez ajouté une force nouvelle à la demande déjà faite des Etats Généraux ; vous avez fupplié le Souverain de rendre à fes Peuples le droit d'être confultés fur le choix & l'étendue de leurs facrifices ; & vous vous êtes acquis le plus beau titre à la reconnoiffance nationale.

Dois - je m'arrêter ici, & craindre de porter plus loin cette rapide analyfe de vos Difcours publics ? Diffimulerai-je que cette Académie s'honoroit d'avoir vu s'élever de fon fein plufieurs voix éloquentes qui avoient défendu les droits, les intérêts, les réclamations du Peuple ? L'un de nous, accoutumé à vaincre dans les débats judiciaires, s'eft animé pour une caufe qui valut tant de palmes aux Orateurs Romains. Un autre, fréquemment exercé à combattre l'hydre des préjugés avec les doubles armes du raifonnement & du ridicule, a employé, dans cette difcuffion nouvelle, la fagacité d'un Philofophe qui fait remonter aux principes des Sociétés. Un autre a encore embélli les leçons de la plus belle Littérature, par le pronoſtic & le développement des progrès que prépare à l'Eloquence françoiſe un changement ſi favorable. Nous avons entendu, dans ce lieu même, le Chantre des Saiſons, le Peintre ingénieux des campagnes, défendre la cauſe de leurs Habitans. Enfin j'oſérai le dire, puiſque les ſecrets d'une Aſſemblée auguſte ont été divulgués; les réclamations du Peuple ont été accueillies, ſoutenues, protégées par ceux même qui, dans tout l'éclat d'une haute naiſſance & des plus éminentes dignités, viennent ici partager nos travaux & jouir aſſidument de l'égalité littéraire.

Vous avez, MONSIEUR, ſous les yeux de la France attentive, cru devoir enviſager d'un autre point de vue ces mêmes intérêts; & par votre adoption dans un tel moment, l'Académie a prouvé qu'elle reſſemble à ces Lycées antiques, à ces retraites des anciens Sages, où les Hommes d'Etat, réunis aux Poëtes & aux Orateurs, venoient diſcuter enſemble les grandes queſtions de la morale & du goût, en oubliant les différens partis qu'ils ſuivoient dans les affaires publiques.

L'Académicien que vous remplacez peut vous offrir les plus ſingulières preuves du bonheur que ce goût des Lettres répand ſur toute la durée de la vie; &, dans ce nouvel aſpect, j'entreprends, non ſans crainte, d'ajouter quelques détails au portrait que vous en avez tracé avec tant d'élégance, de ſentiment, & de vérité. Environné de tous les avantages que procure une naiſſance illuſtre, il devoit à la Nature un génie étendu & facile, un caractère élevé, un cœur ſenſible; il lui devoit des traits ſéduiſans, où la nobleſſe ſe mêloit à la vivacité, à la candeur, & à la

grace. De tels avantages doivent être comptés, quand ils
fervent à prêter de nouveaux charmes aux plus précieufes
qualités de l'ame. Combien d'autres, dans les premières
illufions de la jeuneffe, & peut-être féduits encore par
quelques exemples, auroient fondé fur ces dons naturels les
foins de leur fortune, les efpérances de leur ambition, le
bonheur de toute leur vie ! Mais il cultiva fon efprit par
la réflexion, fa raifon par le favoir, fes talens par le
commerce intime & familier de tous les Beaux-Arts. Il
joignit aux vertus de fentiment, guides quelquefois infidèles, toutes celles que peut donner l'étude de la morale.
Vous avez obfervé, MONSIEUR, qu'au moment où il fortit
des mains qui avoient formé fon enfance, lorfqu'il entroit
dans cet âge où les études d'un jeune homme, affranchies
de toute furveillance, ne font plus dirigées par les foins
d'un Maître, & peuvent fe fixer par fon propre choix,
ou errer au gré de fes caprices, parut cette immenfe col-
lection de toutes les connoiffances humaines, qui excita
tant de mouvemens dans le Monde littéraire. L'afpect de
ce grand Edifice étonna moins fes regards qu'il ne charma
fon imagination. Il ne tarda pas à s'enfoncer, comme au
hafard, & avec la plus infatigable audace, dans tous les
détours de ce vafte labyrinthe ; il s'enflamma d'une même
ardeur pour tant d'objets d'étude & de méditation. Ce fut
là qu'il prit d'abord cette curiofité inquiète, ces goûts
vagues & indéterminés, dont aucun ne devient une paffion dominante, & que l'occafion feule attache, pour un
moment, & par une préférence paffagère, à un objet plutôt
qu'à un autre ; difpofition dangereufe pour l'homme qui
fe dévoue uniquement aux Sciences, mais favorable dans
un jeune homme prêt à s'élancer dans la carrière de l'am-

bition & de la gloire, & qui attend, de conjonctures encore incertaines, fa première réfolution & fes fuccès.

Il eft trop vrai que la réputation d'aimer les Lettres &
de fréquenter ceux qui les cultivent, n'étoit pas alors fans
quelque péril : mais ne fera-ce pas les honorer & les ven-
ger, que de faire voir comment elles ont en effet contri-
bué à fes fuccès dans tous les genres, embelli toutes les fi-
tuations où il s'eft trouvé, tous les événemens de fa deftinée, récompenfé pendant toute fa vie le courage qu'il
avoit eu de fe déclarer pour elles ? Et d'abord cette gloire
que vous lui avez juftement attribuée, MONSIEUR, d'avoir
donné à la France un grand exemple, d'avoir naturalifé
parmi nous l'Inoculation, cet Art effrayant, mais falutaire,
où le mal même devient le préfervatif de l'excès du mal,
il la dut uniquement, cette gloire, à la confiance qu'il ac-
corda aux hommes de Lettres, à la conviction qu'il reçut
par l'évidence de leurs raifonnemens & de leurs calculs.
C'étoit fur des criminels que l'Angleterre avoit fait l'heu-
reufe épreuve de cet Art nouveau : le Marquis de Chaftellux fit cet effai fur lui-même. Il fe dérobe à fa mère, dont
il eft adoré, dont la tendreffe fe feroit alarmée, dont la
dévotion plus craintive fe feroit plus effrayée encore ; &
bientôt il reparoît devant elle avec tous les fymptômes de
ce mal redouté, mais qui n'étoient plus alors que les in-
dices de la guérifon & les gages de la fécurité. Il court
chez M. de Buffon, & lui dit : « Je fuis fauvé, mon exem-
» ple en fauvera bien d'autres ». La Suède décernoit, dans
ce même moment, une couronne civique à une mère,
dont la piété véritablement maternelle avoit enhardi fes
Concitoyens par l'exemple qu'elle avoit donné fur fes propres enfans. La première action publique du Marquis de

Chaſtellux fut de mériter, par ſa généreuſe confiance & ſon propre dévouement, une pareille couronne.

Lorſque, ſemblable à Xénophon, il paſſa de l'école des Philoſophes dans celle des Héros, il recueillit, comme le Diſciple de Socrate, dans plus d'une guerre, & comme lui encore dans des contrées lointaines, ſous des cieux étrangers, mais toujours ſous les tentes de ſon pays, le fruit des paiſibles études.

Sans doute ſon nom, ſes talens militaires, ſon courage, lui ont ſeuls aſſuré dès ſon entrée dans cette carrière, un avancement rapide. A eux ſeuls il dut l'avantage d'être choiſi, jeune encore, pour apporter à Verſailles les drapeaux d'une ville conquiſe : miſſion brillante & d'un favorable augure, où il ſemble que ce ſoit la Gloire elle-même qui préſente à la Nation un jeune Guerrier dans la joie d'un triomphe & dans tout l'éclat de cette préférence que lui accorde un Général victorieux. Mais il fut le premier qui, de la tranquillité des travaux littéraires, porta juſques dans le bruit & le tumulte des camps, cet uſage ſi conſolant pour l'amitié, ſi encourageant pour la vertu, cet uſage qui ne s'étoit alors introduit que dans les Sociétés ſavantes, de conſacrer, par des Eloges funebres, le ſouvenir récent de ceux qui ont été utiles, & dont une longue mémoire peut être utile encore. Combien de grandes actions nous ont été tranſmiſes par ces premiers eſſais de ſa plume ! Cette guerre qui, dans le court eſpace de ſept années, a coûté plus de ſang au Monde, que n'en fit verſer, pendant l'eſpace de trente ans, cette autre guerre dont retentiſſent toutes les Hiſtoires du ſiècle paſſé, malheureuſe pour la France, ſi on conſidère l'enſemble des événemens, fut cependant remplie de brillantes victoires, de faits mémorables, qui, au milieu de nos désastres, ont honoré le nom François. Souvent même la valeur particulière trouve plus d'occasions de se signaler dans le malheur général : c'est en s'exerçant contre les difficultés que se développent les grands talens & les grandes ames. Nos revers, souvent balancés par d'heureux succès, ont été l'école où se sont formés ceux qui depuis ont vengé la Nation, & sont encore aujourd'hui son espoir. Mais deux des Héros qui s'y étoient le plus distingués, Clofen & Belsunce, succombèrent aux funestes suites des dangers qu'ils avoient courus, des longues fatigues qu'ils avoient éprouvées. L'enthousiasme de la vertu, de la gloire, & de l'amitié, dicta au Marquis de Chastellux leurs Eloges funèbres. Il eut la consolation d'immortaliser ses Maîtres, ses amis, ses émules : tel fut son début dans la carrière des Lettres.

Ce qu'il a fait dans un autre hémisphère (car il n'est plus aucune partie du Monde où l'Officier François ne doive s'attendre à porter son courage & à retrouver sa renommée,) vous l'avez retracé, MONSIEUR; mais je rappellerai avec quel sentiment de joie les nouvelles Républiques Américaines, formées par des hommes instruits dans toutes les sciences de l'Europe, virent arriver parmi nos Généraux, un homme instruit dans toutes les sciences de l'Amérique, petit-fils de d'Aguesseau, & qui avoit pour Aide de Camp le petit-fils de Montesquieu ! De tels noms réunis, de tels noms révérés de tous les Peuples, annonçoient à ces sages & hardis défenseurs de leur patrie & de la liberté, des protecteurs dignes d'une si belle cause ; c'étoit, parmi leurs Alliés, retrouver leurs propres vertus. Vous avez indiqué qu'au milieu de tant de projets différens,

inspirés

inſpirés par un même zèle, il contribua le plus à former cet heureux accord qui produiſit bientôt des victoires ſi déciſives ; & moi je rappellerai que dans ces vaſtes contrées où les Sociétés ſavantes. ſe formoient avec les premières aſſemblées des Citoyens, où les Académies naiſſoient avec les villes, où la Philoſophie, uniforme dans ſes deſſeins, poſoit les baſes de treize Gouvernemens divers, tout Citoyen éclairé & vertueux le regardoit comme un Concitoyen. Vous avez redit le nom de ces hommes célèbres dont l'amitié ſuffiroit ſeule à ſa gloire ; & moi je dirai que des extrémités de ce nouveau Monde, une lettre qu'il reçut, après ſon retour en France, & dans laquelle on le conſultoit ſur les plus grands intérêts de ces naiſſantes Républiques, commençoit par ces mots : « *Mon ami, je ne vous connois pas* » ; tant ſa ſeule renommée avoit inſpiré pour lui de tendres affections !

Ses délaſſemens, au milieu de ſes travaux de tous les genres, il les cherchoit parmi ces amateurs éclairés des Lettres, que nous voyons encore les cultiver avec ſuccès, les protéger ſans faſte, les encourager ſans engouement & ſans erreur. C'eſt-là que, mêlant à ſon gré le raiſonnement & la plaiſanterie, l'érudition & le badinage, les plus graves entretiens & les jeux d'eſprit les plus inattendus, toujours prêt à porter l'agrément dans les choſes ſérieuſes, & jamais la fauſſe importance dans les choſes frivoles, il conſerva ce charme d'eſprit & de caractère juſques dans ces agitations, &, pour ainſi dire, ces troubles que je vais maintenant décrire.

Depuis long-temps, en France, une grande diviſion avoit commencé de régner dans les eſprits. Chaque jour voyoit remettre en queſtion quelques-unes des opinions qui avoient paru les plus inconteſtables ; celles que le ſuffrage de tous

E

les fiècles fembloit avoir confacrées ; les principes que les
anciens nous avoient tranfmis fur les Beaux-Arts ; les principes même de la Société, ceux de la morale, ceux du goût,
ceux des fciences militaires ; tout devenoit matière à la
diverfité des fentimens, à la violence des difputes, à l'animofité des partis. Et, par un malheur attaché au caractère
impétueux & léger de notre Nation, la neutralité, que
dis-je, l'impartialité ne nous eft jamais permife ; la modération même eft bannie & profcrite. L'exagération qu'on
reprochoit autrefois à notre langage, fe fait maintenant
fentir jufques dans nos opinions les plus indifférentes. La
louange la plus fincère, fi elle n'étoit que jufte & vraie,
nous paroîtroit le plus fouvent une critique adroite & dif-
fimulée ; qui n'eft pas enthoufiafte, paffe auffi-tôt pour détracteur. Ce qu'on blâme, il ne fuffit pas de le trouver défectueux ; qui n'eft pas détracteur paffe auffi-tôt pour enthoufiafte ; en cela, femblables encore à ce Peuple ingénieux,
paffionné & frivole, avec qui nous avons tant d'autres ref-
femblances, & à qui les lois mêmes de Solon avoient fait
un devoir de la partialité. Dans Paris, comme dans Athènes,
Diogène, au milieu de ce mouvement général, fe croiroit
forcé à ne pas demeurer oifif, & à paroître du moins agiter
fon tonneau. Non, ce n'eft dans aucune de ces deux villes
qu'auroit pu jouir d'une confidération toujours égale, ce
modèle de modération & de fageffe, cet ami célèbre de
tous les fameux rivaux, qui, de fon temps, fe difputèrent
la palme de l'Eloquence & le gouvernement du Monde.
Atticus ne pouvoit foutenir qu'à Rome, cette neutralité
épicurienne qu'il embraffa par un choix libre, qu'il conferva
toute fa vie, toujours fidèle à l'amitié, toujours neutre
dans les diffentions, attaché à tous les grans Hommes de

quelque parti qu'ils fuffent , les fervant avec un zèle infatigable dans leur fortune privée, dans leurs intérêts per-
fonnels , & refufant avec une conftance que l'amitié même
la plus tendre ne pouvoit ébranler, de prendre jamais aucune part à leurs intérêts de faction.

Mais fi ce modèle eft trop étranger pour nos mœurs ,
il eft un autre exemple à propofer & à fuivre ; & j'ai
maintenant à peindre un homme modéré , entraîné dans
toutes nos agitations , prenant part à nos difputes les plus
animées, non pas fans une vive chaleur, fans une perfuafion forte , mais fans fe laiffer dominer par l'efprit de
parti , fans emportement , fans animofité ; ardent ami de
ceux qui avoient les mêmes goûts , les mêmes opinions ,
jamais ennemi de leurs adverfaires ; c'eft là peut-être l'Atticus françois.

Ce mouvement univerfel commença par l'introduction
d'une Mufique étrangère ; & comme fi la deftinée prenoit
quelque plaifir à renouveler dans deux villes femblables
les mêmes événemens , on vit en effet fe renouveler parmi
nous ce que l'arrivée des Chanteurs Ioniens avoit autrefois produit dans Athènes, où les uns trouvoient cette Mufique
d'Ionie plus vive, plus mélodieufe que l'ancienne Mélopée ;
les autres , plus molle & plus efféminée ; où ceux ci fe plai-
gnoient que le charme des fons y dominoit fur le fens des
paroles ; & les autres admiroient avec tranfport une expreffion plus jufte , plus énergique, plus paffionnée. A cette
première diffention, qui, dans toute la France , alluma des
haînes que le temps n'a pas encore calmées, qui rompit d'inti-
mes liaifons que le temps avoit refpectées, qui divifa les Sociétés les plus unies , les Corps littéraires , les familles

même , peu s'en fallut que le Gouvernement ne fît , comme
autrefois dans la Grèce , couper les cordes de ces lyres
étrangères. Nous ne difions pas , comme les plus fages des
Athéniens, que cette révolution dans la Mufique nous me-
naçoit d'une révolution dans les mœurs, d'un changement
total dans l'Etat. La fagacité de nos conjectures n'attei-
gnit pas fi loin dans l'avenir. Obfervons cependant que ,
dans ces révolutions du goût général, il eft inévitable que
les vieillards, attachés à tout ce qui leur rappelle d'anciens
plaifirs, ne nous paroiffent trop aifément ridicules ; &
c'eft ainfi que , dans les mœurs publiques, tout s'enchaîne,
tout fe tient par des nœuds fouvent imperceptibles. C'eft
ainfi que, dans le cours d'un fleuve immenfe, quelques
herbes, quelques grains de fable s'accumulent, les îles fe
forment, le cours des eaux fe détourne , & tout l'afpect
d'un pays eft changé.

Le Marquis de Chaftellux , paffionné pour tous les Arts
qui embelliffent la Société, ne tarda pas à fe montrer dans
cette arène, en Amateur éclairé de deux Arts charmans ;
mais en homme qui avoit cultivé l'urbanité de fes mœurs
autant que celle de fon efprit. Il compofa un Ouvrage
plein de goût, de fineffe, & d'agrément, accueilli en France,
non fans contradictions, généralement accueilli des étrangers, qui virent avec plaifir un François juftifier la préférence qu'ils accordent à cette Mufique fur la nôtre ; & con-
tinuant de fervir avec zèle le parti qu'il favorifoit, il ne
mêla, dans ce premier combat, dans cette victoire fi dif-
putée, aucun fentiment qui pût jamais altérer le bonheur
dont cet amour des Beaux-Arts l'a fait jouir.

Ce fut encore vers ce temps que nous vîmes s'accréditer,

dans la Littérature, dans la Philofophie, dans l'adminiftra-tion même du Royaume, une opinion nouvelle, qui fe fonde fur les progrès néceffaires & irréfiftibles de l'efprit humain; opinion qui a conduit fes plus intrépides défen-feurs jufqu'à foutenir que tous les fiècles précédens, les plus célèbres même, ne nous offrent véritablement aucun modèle. Tous les principes & toutes les conféquences de ce nouveau fyftême, s'ils ont trouvé de fages partifans & de nombreux zélateurs, ont également trouvé de nombreux & de fages antagoniftes; &, à ce fujet, je développerai une anecdote littéraire que vous avez rapidement indiquée, Mon-sieur, & dont je fus le confident.

Le Marquis de Chaftellux, attaché à cette opinion fé-duifante, qui s'eft reproduite dans tous fes Ouvrage, en s'y appropriant à chaque fujet qu'il voulut traiter, rencontra, dans les Sociétés fpirituelles & favantes, où fes plus tendres liaifons s'étoient toujours formées, un homme qui fixa auffi-tôt toute fon attention : le févère Abbé de Mably, partifan des vertus antiques, auffi paffionné pour la liberté & pour la morale, qu'indifférent à la fortune, dont la rai-fon renforçoit le caractère, & dont le caractère fortifioit la raifon ; inébranlable dans fes principes auftères, fruits de fes longues études & de fes fages méditations ; qui a quel-quefois déplu au Gouvernement, indifpofé les premiers Ma-giftrats, inquiété jufqu'à la Sorbonne, fans jamais fe ré-tracter, & cependant fans jamais attirer fur lui aucune animadverfion ; tant l'inflexibilité de fes vertus faifoit ref-pecter celle de fes opinions ! J'ajouterai encore, pour achever un hommage que j'aime à rendre publiquement à fa mémoire, que n'ayant été, pendant fa vie, d'aucune

Société littéraire, de zélés Citoyens lui décernèrent, à fa mort, un honneur réfervé aux hommes les plus illuftres, un Eloge propofé au concours des jeunes Orateurs, & foumis au jugement d'une célèbre Académie, celle des Belles-Lettres. Quels juges, en effet, euffent été mieux choifis pour couronner cet Eloge d'un homme dont les mœurs furent dignes des anciennes Républiques, d'un homme qui reffufcitoit parmi nous les Phocions & les Ariftides, que ceux à qui leur Langue, leurs Livres, leurs ufages, leurs mœurs font fi familiers, & dont l'élégante érudition vient de reffufciter, pour ainfi dire, fous nos yeux, la Grèce entière?

Le Marquis de Chaftellux, jeune encore, & Mably dans la maturité de l'efprit & de l'âge, s'entretinrent long-temps de leurs opinions contradictoires ; & chacun d'eux, comme il arrive fouvent, ne médita fur la fienne que pour s'y affermir davantage. Tous deux écrivirent fur le bonheur auquel doivent prétendre les Sociétés. Ce fut un modèle fingulier & peut-être unique d'une querelle littéraire. Ces deux Ouvrages polémiques, publiés en oppofition l'un de l'autre, ne laiffent rien pénétrer de cette intention particulière.

Mably développe toutes les maximes d'une politique qui ne fe fonde que fur la morale. Il entreprend de démontrer que la profpérité des Etats n'a d'autre bafe que la bonté des mœurs publiques. Pour donner plus d'autorité à fes principes, il les met dans la bouche du plus fage des Grecs. Il faifit le moment où Athènes commençoit à préférer le fafte à l'antique fimplicité, la richeffe à la vertu, les talens agréables aux mœurs auftères. Il oppofe à Phocion un jeune homme épris de tous ces goûts nouveaux ; & le fens général de ce dialogue eft que la raifon humaine n'eft point en contradiction avec elle-même, & qu'elle ne peut confeiller, fous le nòm de politique, ce qu'elle défend fous le nom de morale. On entrevoit à peine, & c'eſt un fecret qu'il a révélé à peu de perfonnes, que fous le nom du jeune Arif-tias, plein d'efprit, de patriotifme, d'ardeur pour la vertu, qui n'eſt encore Philofophe que par paſſion, mais qui cher-che à s'éclairer dans le commerce des Sages, il veut pein-dre le Marquis de Chaſtellux tel qu'il lui paroiſſoit à cet âge : jeune homme dont il eſtime les fentimens, dont il prédit le retour à de plus faines maximes, & fur lequel Phocion s'écrie : « Plût aux Dieux que tous nos Athéniens » lui reſſemblaſſent » !

Celui-ci développa fon fyſtême dans un Ouvrage plus étendu. Un feul & grand objet, dans un long cours d'é-tudes hiſtoriques, occupe fon attention, « quel a été dans » tous les fiècles le dégré de félicité dont a joui le genre » humain ». Il rapporte avec beaucoup de fubtilité tout ce qu'on peut trouver de défectueux dans les mœurs an-ciennes, & il expofe fous un afpect plus favorable tout ce qu'on peut louer dans les mœurs modernes. Il ne voit pas dans les vices des Peuples qui fe corrompent, les iné-vitables dangers du luxe & de la molleſſe, mais ceux de l'ignorance, ceux d'une civilifation qui n'étoit pas aſſez perfectionnée. Il foutient que cinquante générations fuc-ceſſives fuffifent à peine pour parvenir à la connoiſſance parfaite de l'homme phyfique & de l'homme moral, & former des génies capables de gouverner. Mais dans cet Ecrit, le premier où l'on ait donné à ce fyſtême des progrès néceſſaires de l'efprit humain, tout l'appui que peut lui prêter l'Hiſtoire, avec quel refpect pour la mémoire des grands Hommes qui ont honoré les fiècles précédens, le Marquis de Chaftellux fuivit une difcuffion où il étoit fi facile de s'égarer! Avec quelle fageffe dans la difpute il évita d'employer des armes qui euffent bleffé fon ver- _tueux adverfaire! On entrevoit à peine qu'il répond à l'Abbé de Mably, par le peu de mots qu'il fe permet contre les contemplateurs, contre ceux qui doutent que l'ordre focial puiffe fe perfectionner. Tous deux eurent un fuccès dont ils furent également flattés. L'apologifte des nouvel- les mœurs & de toutes les jouiffances des Arts, à qui on reprochoit même d'avoir porté dans fon Ouvrage l'of- tentation & le luxe dont il embraffoit la défenfe, vit cet Ouvrage accueilli dans tous les pays où de pareilles mœurs dominent, & traduit dans prefque toutes les Langues de l'Europe. Mably, fans avoir ambitionné d'autre prix que l'utilité générale, & malgré le reproche qu'on lui faifoit auffi d'avoir porté dans fon ftyle cette févérité dont il étoit le défenfeur, fut honoré d'une couronne dans cette République fi fage, & le modèle de toutes les vertus qui peuvent juftifier les Ariftocraties.

L'un & l'autre n'ont fait confifter le bonheur des Na- tions que dans les feuls effets de la raifon diverfement perfectionnée. Permettez, MESSIEURS, qu'avant de finir je rappelle encore, mais en peu de mots, qu'un autre Athlete, que tous deux avoient connu, que tous deux avoient fréquenté, qui avoit fui dans les folitudes, foutenoit alors une troifieme opinion avec toute la force de l'élo- quence, toute l'adreffe de la plus fubtile dialectique, & en maniant à fon gré le raifonnement & les paffions. Ce- lui-ci, admirant par-tout l'ouvrage de la fimple Nature,

&

& déteſtant par-tout l'ouvrage des hommes, ne voyoit dans nos inſtitutions ſociales que la corruption des ſentimens naturels; dans nos Arts les plus néceſſaires, que l'altéra-tion de nos facultés phyſiques; toujours la Nature parfaite & innocente, toujours l'homme dépravé ou coupable.

Tous trois ont fixé leurs regards ſur la ſituation géné-rale de l'Europe, ſur celle de la France, & ils ont eſſayé de porter l'étendue & la ſagacité des vues philoſophiques juſqu'à une ſorte de divination.

L'un, détracteur de la Société, miſanthrope par l'excès même de ſon amour pour le bonheur des hommes, dont le génie ſembloit effarouché par les infortunes que lui avoit cauſées ſon exceſſive défiance, annonce l'inévitable ruine, la ſubverſion inſtante & prochaine de tous les Royaumes, Républiques, & Empires. Il va chercher de nouveaux eſſaims de Conquérans, non dans les pays civi-liſés, ou dans ceux qui ont le plus perfectionné l'art de la guerre, mais dans ces immenſes contrées où errent en-core des Peuples nomades qui regardent les villes comme des priſons & des tombeaux. Il prétend que nos Arts ſi parfaits céderont à leurs forces naturelles, nos foudres à leurs flèches, & que la terre verra, pour la ſeconde fois, la civiliſation vaincue par ſa propre molleſſe, & laiſſant par-tout l'empire à la barbarie.

L'autre, plaçant le bonheur dans l'état d'une Société ſimple & bien ordonnée, croit que d'utiles réformes peuvent encore renouveler le deſtin des Empires. Il cherche la méthode de procéder à ces réformes. Les mœurs lui pa-roiſſent ſi importantes, que, ſelon lui, les cabales & les

F

factions ne font pas ce qu'il y a de plus dangereux. Il
fembleroit, à l'entendre, que les talens féducteurs & les
mœurs dépravées de cette Romaine, complice célèbre de
Catilina, étoient plus à craindre pour Rome que Catilina
lui-même ; *plus effrayé*, dit-il, *de voir prendre aux femmes
de nouvelles parures, que d'une commotion dans la place
publique*. Il veut qu'on fache quelquefois attendre, ne pas
rifquer d'imprudentes tentatives, ne pas achever de tout
perdre par des entreprifes prématurées. Et lorfque de ces
maximes générales, il reporte fes regards fur la France,
il prévoit que le Gouvernement fera forcé de recourir à
la pratique oubliée des Etats Généraux ; mais il redoute
nos méprifes fur nos plus chers intérêts ; il redoute ce
fentiment, né dans les défordres de la féodalité, par lequel
on fe perfuade qu'on peut être grand dans une Nation ef-
clave ; il compte peu fur le progrès des lumières, parce
que, dit-il, les lumières viennent trop tard quand les
ames font amollies. Enfin, s'il avoit quelquefois efpéré,
peut-être que les occafions manquées avoient abattu fes
efpérances ; & fes dernières prédictions étoient celles d'un
Citoyen découragé.

Il femble aujourd'hui que le Marquis de Chaftellux aura
porté fur l'avenir un regard plus perçant, & qu'en cette
occafion du moins, il aura eu fur ces deux Sages célèbres
le double avantage d'avoir mieux préfagé les événemens,
& d'avoir joui d'avance, par ce préfage même, d'une félicité qu'ils n'ofoient preffentir. Ami de tous les Arts, ne
doutant pas que l'efprit humain ne parvienne au plus haut
degré où la perfectibilité puiffe atteindre, accoutumé à
chercher le bien jufques dans les erreurs du fiècle préfent,

Il annonce, en France & dans toute l'Europe, le retour de la liberté par l'excès même de la dette publique; il dit que les besoins du Fisc sont les vrais précepteurs des Rois, & qu'envisagés d'un œil juste, ils deviendront un jour les protecteurs de la fortune des Peuples.

Nous touchons au moment où la destinée va juger entre trois prédictions si diverses. La ruine générale de l'Europe se fait craindre : de tous côtés les réformes se tentent : de tous côtés la liberté publique paroît près de renaître.

Nation brave, généreuse, & sensible, gouvernée par l'honneur, qui seul équivalut pour vous à de bonnes lois, quand elles vous ont manqué; plus d'une fois vous avez repris vos antiques prérogatives, & réparé par quelques institutions passagères les maux qu'avoient causés les longs abus d'une autorité sans règles; mais rappelez-vous aussi que cette constitution si réclamée, la meilleure que vos ancêtres eussent le pouvoir d'établir, est cependant celle même qui nous a si mal défendus, si mal protégés, celle même qui tant de fois a permis au despotisme de se rétablir. Sans doute la diversité des intérêts, les disputes, les dissentions font de l'essence de la liberté; mais si elles la favorisent, c'est uniquement quand des formes égales, généralement admises, généralement respectées, peuvent suspendre & dompter toutes les contradictions. Songeons dans quels profonds abîmes nous replongeroit une nouvelle tentative que la discorde rendroit inutile; & qu'entre l'anarchie qui nous menace, & le despotisme que le Prince repousse, c'est la vraie liberté qu'il faut saisir. Rappelons-nous enfin, avec un généreux effroi, que Trajan ne put retrouver dans Rome assez de vertu pour affranchir cette

République que ſes anciennes vertus avoient rendue maî-
treſſe du monde; & plus magnanimes que ces Romains
dégénérés, quoique dans le plus beau temps de leur Empire,
montrons à l'Univers, la France digne que le vœu de
Trajan puiſſe ſe réaliſer.